오늘보다 내일 더 사랑할

사랑스러운 _____ 에게

_____ 로부터

바라만 봐도 좋은 너를

김서홍

PART 1 너로 가득 찬 풍경

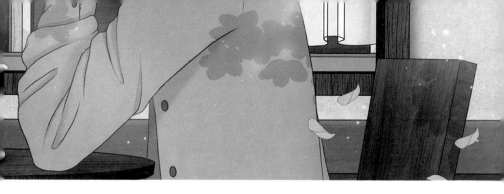

PART 2 있는 그대로 사랑해

PART 3 너무 사랑해서 그런 거겠지

PART 4 항상 내 곁에 있어 줄래

모든 이들의 사랑이 소중해 지기를

모든 사람이 다르듯이 모든 사람의 사랑 또한 다릅니다.
정답은 없습니다.

사랑은 어떠한 정의나 공식으로 설명할 수 있는 단어가 아닌 것 같습니다. 사랑이란 사랑을 하는 사람의 성격, 감정, 행동 즉, 그 사람에 따라 달라지니까요. 사랑의 형태 또한 그러므로 같을 수는 없겠지요. 같은 사람은 존재하지 않는 것처럼요. 누구는 말로써 그 사람에 대한 사랑을 표현하고 누구는 행동으로써 또 누구는 마음으로써 표현할 수도 있어요. 그 형태가 아주 다양하고 복잡하므로 두 사람이 만나 서로 사랑한다는 것은 아주 기적 같은 일이랍니다. 그러니 당신에게 찾아온 사랑 또한 참으로 기적적으로 찾아온 사랑이 아닐는지요.

그렇다고 해서 내가 이 사람을 사랑하는 방법에 대한 정답을 찾고 있다면 그런 건 딱히 없습니다. 내가 하는 사랑이 상대방에게 전해질 수 있고 상대방의 사랑이 당신에게 전해지고 있다면 누구의 사랑이 맞고 틀림은 없으니 나에게 맞는 사랑을 하면 될 뿐입니다.

그저 당신의 사랑이 소중해지기를 바랍니다. 서툴러도 좋습니다. 잘하지 못해도 좋습니다. 하지만, 사랑이란 아주 깊고 진득한 면도 있지만 아주 얇은 유리같이 약하기도 합니다. 자신도 모르게 소홀해지는 사랑으로 인해 두 사람의 사랑은 금이 갈 수도 있지요. 그리고 한번 금이 간 사랑에는 모든 순간이 아슬아슬하게만 느껴질 것입니다.

그러니 소중하게 대해 주세요.
당신에게 찾아온 그 기적 같은 사랑을.

PART 1 - 너로 가득 찬 풍경

#그냥 바라만 봐도

바람에 살짝 흩날리는 머리카락을
깜빡이는 예쁜 두 눈을
미소 짓고 있는 입술을
그리고 날 바라봐 주고 있는 너를

그냥 바라만 봐도 좋다.

#둘이서만

우리 둘이서만 예쁘자.
우리 둘이서만 행복하자.
우리 둘이서만 사랑하자.

너랑 나
우리 둘이서만.

#추억

너와 울고 웃으며 나눈 수많은 대화.
설레는 마음으로 했던 여행.
힘든 순간 위로를 받았던 너의 품.

다른 누구도 아닌 너와 함께였기에
이 모든 시간은 소중한 추억이 되었고
나에게 넌 특별해진 거야.

#네가 예쁘니까

#너로 가득 찬 풍경

아무리 아름다운 풍경이라도 네가 없다면
그곳은 나에겐 그저 하나의 장소일 뿐.

"나에게 가장 아름다운 풍경은
 네가 내 눈에 가득 찬 풍경이야."

#사랑하는 법

사랑한다는 건 어려운 일이 아니에요.
같이 있는 순간들을 소중하게 여기고
그 순간 내 옆에 있어 주는 사람을
소중하게 생각하면 되는 거예요.

#우리

화장한 얼굴보다 민낯을 더
사람들에게 보여 주는 상냥한 웃음보단 호탕한 웃음을 더
강해 보이는 모습보단 가끔 약해지는 모습을 더
쫙 빼입은 옷보단 무릎이 살짝 늘어난 추리닝을 더
사랑해 줄 수 있는 그런 우리.

#너의 모든 것

#기억

너와의 첫 만남의 두근거림을 기억하고
너의 손의 따스함을 기억하고
울고 웃었던 수많은 추억을 기억해.

기억이란
사라지고 생겨남의 반복이라지만
너에 대한 기억은 영원하기를.

#너와 나의 세상

너와 나, 우리 두 사람이 특별해진 건
우리가 만든 세상이 있기 때문이다.

크고 작은 수많은 추억은
우리에게 아주 튼튼한 벽이 되어 주었고,
우리 서로 나누었던 이야기들은
우리에게 따뜻한 믿음을 주었다.
그리고 생겨난 감정은
오로지 우리 둘만의 것이 되었다.

다른 사람과 공유할 수도, 줄 수도 없는.
너와 내가 아니면 안 되는.

#비타민

비타민이 우리가 살아가는 데
없어서는 안 될 아주 중요한 것이라면
내 비타민은 당신인 것 같아요.

#같은 날, 같은 시간, 같은 아침을 맞이해

쉴 새 없이 바빴던 5일이 지난 그다음 날.
고요하고 평온한 휴일 아침을
우리 둘이 같이 맞이한다는 게 참 좋다.

좋은 꿈은 꿨는지,
아침은 뭐를 해 먹을지,
오늘은 집에서 뒹굴뒹굴할지
아니면 외출을 할지….

이런 사소한 것들을
일어나자마자 나눌 수 있어서,
이런 대화를 나눌 수 있는 상대가 너라서,
다행이야.

#피로회복제

#나에게 온 행운

"당신에게 행운이 찾아올 것입니다."
포춘 쿠키 안의 문구.

내 행운은 이미 왔는걸?
바로 내 옆에.

#사랑의 배려와 존중

연인 사이에서의 배려와 존중은 어떤 것보다 중요하다.
가장 편한 사람이자 날 가장 잘 아는 사람이겠지만
그렇다고 해서 편안함이 이기심이 되면 안 되고
상대방의 배려가 당연하다고 생각해선 안 된다.

사랑하기에 배려하고
사랑하기에 존중함으로써
우리는 서로가 가장 편안하고
가장 가까운 사이가
될 수 있는 거니까.

#내가 몰랐던 너의 배려

비 오는 날, 당신이 우산을 씌워 줄 때
난 하나도 젖지 않아요.

당신의 한쪽 어깨가 젖고 있다는 것을 몰랐어요.

내가 비를 맞게 하지 않기 위해
내 쪽으로 우산을 기울여 주고 있었네요.
내가 모르는 당신의 작은 배려 하나하나가
정말 고마워요.

#나를 위한 노력

뭐든 잘하는 사람이 좋은 게 아니야.
잘하지 못해도
나를 위해 노력하는 모습.
나와 함께 하기 위해 애쓰는
그 모습이 좋은 거야.

#떨어지지 않는 발걸음

#일상

'오늘은 왜 이렇게 기운이 없지.'
생각하다가 알았어.

오늘은 내 옆에 네가 없더라고.
너와 함께한 일상이 얼마나 따뜻했는지.
내가 너에게 참 많이 기대고 있다는 걸
다시 한 번 깨닫게 되었어.

너와 함께한 일상의 소중함을
잊지 않을게.

#나에게 넌

항상 내 곁에만 있었으면 하는 사람.
차라리 내가 힘들고 아픈 게 낫다는 생각이 들게 하는 사람.
옆에 있는 것만으로도 든든하고 안심이 되는 사람.
편한 모습조차 너무 사랑스럽게 느껴지는 사람.
무슨 일이 있어도 믿을 수 있는 사람.
세상 어떤 것과도 바꿀 수 없는 소중한 사람.

나에게 넌 이런 사람이야.

#너의 등에 기대어

넘어지지 않도록
서로를 지지해주고

무너지지 않도록
서로를 잡아 주자.

그렇게 우리
서로의 등에 기대어.

지구본

#지구 한 바퀴

#눈을 감고 생각해 보면

별을 한가득 담은 어느 날 밤
눈을 감고 생각해 보면
문득 네가 내 옆에 있다는 게
참 다행이라는 생각이 들어.

항상 내 곁에 있어 줄래?
나도 항상 네 곁에 있을게.

PART 2 - 있는 그대로 사랑해

#모든 순간

예쁜 걸 보면 가장 먼저 보여 주고 싶고
맛있는 걸 먹으면 먹는 내내 생각나고
좋은 노래를 들으면 같이 듣고 싶어졌다.

그렇게 모든 순간
널 생각하게 되었다.

#용서

실수는 누구든 할 수 있습니다.
그건 연인 관계에서도 다르지 않죠.

만약 당신이 실수를 용서받았다면
그 실수가 버릇이 되지 않아야 합니다.

그건 당연한 용서가 아닙니다.

#영원한 것

지금 흘러가는 이 시간은
영원할 수 없지만
추억은 영원하다.
우리 사이엔
영원한 것이 생긴 것이다.

#안 꾸며도 네가 제일 예뻐

#여행

연애는 여행과 비슷해요.
여행이 새로운 것들을 받아들이고 배우며,
점점 익숙해지는 것처럼
연애도 그러니까요.
새로운 부분들을 점점 알아가며
상대방에게 스며드는 것이죠.

처음에는 낯설고
나와 맞지 않을 것만 같던 것들이
시간이 지나면서 조금씩
익숙해지고 당연해질 거예요.

연애를 하는 사람들에게,
두려워하지 말고, 겁먹지 말고
자신 있게 여행하길 바라요.
그렇다면 그 시간들은 나에게
가장 행복한 순간을 선물할 테니까요.

#꿈

잠을 잘 때조차
난 너를 생각하는구나.
참 행복한 꿈을 꾸었어.

#내가 지금 얼마나 떨리는지 아니?

내 심장 소리가
너에게 들릴 것 같고,
네 심장 소리가
나에게 들리는 것 같은

딱 그 순간
내가 얼마나 떨리는지 아니?

#노을

노을이 온 하늘을 붉게 물들인다면
당신은 내 마음을 물들여요.

햇살 같은 따스함으로 빈틈없이 한가득.

#뱃살

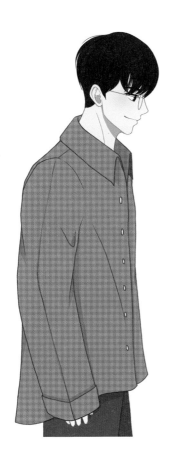

#사랑하는 사람의 기본

다른 말은 아껴도
'사랑해'라는 말을
아끼지 말아야 하고

말솜씨는 없어도
'고마워'라는 말은
잘해야 하고

자존심이 세도
'미안해'라는 말은
할 줄 알아야 합니다.

그게 사랑을 하고 있는 사람으로서
가져야 할 기본입니다.

#사랑의 양

"나를 얼마큼 사랑해?"
세상에서 가장 쉽지만, 또 가장 어려운 질문.
말로는 정의할 수 없을 만큼 사랑하기 때문에
이 마음을 모두 전하기에는 가장 어려운 질문.
하지만 그래도 계속 말할게.
내 사랑이 전부 전해질 때까지.

"영원이란 게 있다면 영원을 넘어서까지 사랑해."

#너를

이렇게 예쁜 너를
이렇게 사랑스러운 너를
이렇게 착한 너를
어떻게 사랑하지 않을 수 있겠어.
그냥 보고만 있어도 행복해지는데.

#서로 그려 주기

키어워ㄱㄱㄱㄱㄱㄱ

#함께하는 휴식

여유로운 주말,
잠이 올 듯 말 듯한 오후에
잔잔한 음악을 틀고
내가 사랑하는 사람과
내가 좋아하는 책을 읽으며
그날 하루를 보내는 것만큼
좋은 게 있을까.

#너에 대한 감정

나에게 넌
불량식품 같은 감정이 아니다.
한순간이 좋은 그런 사람이 아니다.

이 세상에 끝이 있다면
그 끝까지 함께하고 싶은
그런 사람이고

한결같은 사랑으로
보듬어주고 싶은
그런 사람이다.

#다짐

좋은 사람이 되고 싶다.
내 곁에서 빛나는 너에게
어울리는 사람이 되고 싶다.

나로 인해 환하게 반짝이는
그 빛을 잃지 않도록
열심히 살고 싶다.

#뭐! 왜!

30분 후

슬금슬금

#내면의 아름다움

겉으로 보이는 건 단지 그뿐.
겉이 꽉 차 있다고 해서
그 속도 꽉 차 있는 건 아니다.
겉이 멋지다고 해서
그 속이 멋진 것도 아니고
겉이 여유롭고 단단해 보인다고 해서
그 속이 단단한 것도 아니다.

그러니, 당신이 만약 따스하게
꽉 차 있는 마음을 가지고 있다면
겉의 번지르르함을 부러워할 필요가 없다.

그 마음으로 상대방을 대하는 사람이라면
누구보다 견고하고 멋진 사람일 것이고
이미 진심이 담긴 사랑을
누군가에게 받고 있을 테니까.

#파랑새

행복이라는 것이 이렇게
가까이에 있는 건 줄 몰랐다.
행복이라는 것은
거창한 것이라고 생각했다.
하지만 네가 나에게 와서
행복을 불어넣어 주었고
나는 알게 되었다.

솔직한 이야기를 나누는 것.
맛있는 밥을 먹는 것.
손 꼭 잡고 산책하는 것.
따뜻한 품에서 잠이 드는 것.

이 모든 것이 행복이고,
행복은 멀리 있는 것이 아니었음을.

#우선순위

"잘못 떨어지면 어떡해?"
"그럼 큰거 너 먹어ㅎㅎ"

쌍쌍바 큰 쪽을 양보할 수 있는 참 사랑…♥

#우산 속 키스

"사랑해."라고 말해도
온통 너로 가득 찬 내 마음을
전달할 수는 없을 것 같아.
사랑한다는 말이 부족하게 느껴질 정도로
사랑하기 때문에.

#양보할 수 없는 승부

2시간 후...

니가 생각하는 것보다 훨씬 더 많이 사랑해. 잘자♡

#함께 가는 길

우리가 함께 가는 길이
완전히 순탄한 길은 아닐 거야.

때론 부딪히는 일도 있을 거고
서로에게 상처받는 일도 있을 테지.

하지만 그 길마저 우린
함께 걸어갈 거고
그렇게 행복한 길을
만들어 나갈 거란 걸 믿어.

#너에게로 가는 중

하루 전에 봤어도 보고 싶고
한 시간 전에 봤어도 보고 싶고
일 분 전에 봤어도 보고 싶어.

보고 싶다는 말이
질릴 수가 없을 만큼
네가 없는 매 순간 보고 싶어.

PART 3 - 너무 사랑해서 그런 거겠지

#진심

더 좋은 사람이 되려고
더 도움이 되는 사람이 되려고
너무 힘들게 애쓰지는 말아요.

진심으로 웃어 주고
진심으로 걱정해 주고
마음을 다해 사랑하고 있다면

이미 좋은 사람이고
없어서는 안 될
소중한 사람일 거예요.

#인생의 항해

거친 인생의 항해를
너와 함께한다면

무섭게 몰아치는 파도도
날카롭게 파고드는 바람도
갈 곳 잃은 망망대해
한복판에서도

난 두렵지 않아.

#가을바람

영원한 사랑과 함께 찾아오는 불안감.
이 불안감은 가을에 부는 바람 같다.

기분 좋은 바람이지만
금세 차가워지니까.

더 좋아질수록 떠나갈까 봐
무서워지는 이 마음도
다 너를 너무 많이
사랑해서 그런 거겠지.

#오늘보다 내일 더

오늘 나는
'이것보다 더 좋아할 수는 없어.'
생각하지만
내일 나는 오늘보다 널 더
좋아하고 있겠지.
그리고 모레 나는 내일보다 널 더 많이
좋아하고 있을 거야.

오늘보다 내일 더,
내일보다 모레엔 더 많이 사랑해.

#나는 너를 너는 나를

#챙김을 받고 있다는 건

챙김을 받고 있다는 건 마음을 받고 있다는 것.

마음을 받고 있다는 건 사랑을 받고 있다는 것.

사랑을 받고 있다는 건 행복한 삶을 살고 있다는 것.

#언제나 안아 주기

우리는 살아가면서 많은 일을 겪는다.
누군가에게 싫은 소리를 듣고
상처를 받을 수도 있고,
열심히 살고 있지만,
가끔 너무 지칠 때도 있다.

내가 힘들 때, 누군가가 필요한 순간
다가와 따뜻하게 안아 주는 사람이 있다면
그리고 이렇게 말해주는 사람이 있다면….

"많이 힘들었지? 괜찮아, 수고했어."

여러 명의 수많은 위로와 말보다
한 사람의 따뜻한 포옹이
제일 큰 위안이자 위로일 테니.

#다녀올게, 보고 싶을 거야

잠깐의 이별로도 알 수 있다.
내 옆에 항상 같이 있어 주던
너의 빈자리가 얼마나 큰지.
너로 인하여 내가 얼마나
행복하고 즐거웠었는지.
그리고 네가 나에게 얼마나
소중한 존재인지.

그래서 더 그리워지고 보고 싶다.

#온통 내 생각으로 가득한 사람

내가 뭘 하고 있을지,
무슨 생각을 하고 있을지,
어떤 기분일지,
혹시나 다치진 않을지,

온통 내 생각, 내 걱정으로
가득한 사람과 함께 있다는 건
더할 나위 없이
행복하고 감사한 일이에요.

#제일 좋아하는 사진

#우리의 가을

새파랗던 잎사귀에
붉은 물이 들어갈 때
우리는 서로에게 물들어
열정적으로 뜨거웠던 마음이
점점 깊어 지려 한다.

내가 너를 알고, 네가 나를 알며
우리의 붉게 물든 마음이
더욱 단단해지기를.

#선택

비싸고 좋은 것만 주려고 하지만,
내 취향을 모르는 사람.
그리고 크진 않지만
내가 좋아하는 자그마한 것까지
기억하고 챙겨 주는 사람.

어떤 사람을 선택하겠습니까?

마음을 행복하게 하는 건
물건이 아니라 사람일 것입니다.

#'함께'라는 것

'함께'라는 것에 대한 소중함은
그 소중함을 느껴 본 사람만이 안다.

나 혼자 이겨내는 것과
내 곁에 함께 있어 주는 사람으로 인해
이겨 낼 수 있는 어려움은 다르다.

'함께'라는 것에 대한 소중함은
결코 무시해서도 잊어서도 안 된다.

그것은 어쩌면 우리가 살아가는 데 있어
가장 큰 버팀목일 테니까.

#한 입만

#포옹

노을이 지고 어둑어둑해질 무렵,
넌 항상 나를 집 앞까지 데려다줬어.
밤길이 무서울까 봐, 매일같이 데려다줬지.

"너도 힘들 텐데…."라고 말하면 이렇게 대답해 줬어.
"조금이라도 더 같이 있고 싶어서 그런 거야."
그리고는 안아 줬어. 꼬옥.

이 따뜻하고 애틋한 포옹이
항상 나를 먼저 생각하는 너의 마음이
나에게는 정말 고맙고 소중해.

#우리가 학창 시절에 만났더라면

"집에 가?"

"응!"

"밖에 추워, 감기 걸려. 그렇게 나가면."

"…."

"이거 매고 가."

우리가 학생 때 만났더라면 어땠을까?

#우리 둘만의 공간 그리고 시간

그거 알아?

우리 둘만 있는 공간은 사뭇 달라.

조금… 섹시해.

#너의 곁

네가 반짝일 때
옆에서 같이 반짝이는
사람이 아니라
너에게 먹구름이 찾아와
그 반짝임이 사라진 순간에도
묵묵히 곁을 지키는
사람이 될게.

#가장 살기 좋은 곳

당연히 가장 살기 좋은 곳은 너가 있는 곳이지.

#영향력

난 말이야.
너의 손짓 하나에 설레고
나를 바라보는 따뜻한 눈빛에
내 하루가 밝아져.

그래서 너의 사사로운 말
한마디에 상처받고
무심한 태도에 우울해지기도 해.

나한테 넌 그래.

\#약속

세상이 아무리 모질어도
내가 너의 방패가 되어 줄게.

모든 사람이 널 비난해도
난 네 편 할게.

네가 외로운 순간
주위를 돌아보면
항상 내가 있을게.

그렇게 약속할게.

PART 4 - 항상 내 곁에 있어 줄래

#사랑하면 닮아가는 것

취향도, 스타일도, 생각도 다르던 우리가
어느 순간 서로를 닮아가고 있다.

너와 비슷한 사람이 되고 싶기에.
너를 이해하게 되었기에.
너를 사랑하고 있기에.

#사랑 정거장

사랑 정거장이 있다면
우리는 같은 곳에 내릴 거예요.

내 마음 가는 곳
당신 마음 가는 곳
그곳은 같을 테니까요.

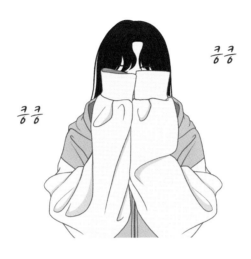

킁킁

킁킁

좋은 냄새♥

#매 순간

지금은 무얼 하고 있는지
오늘 기분은 어떤지
점심은 맛있었는지

너의 사사로운 것까지 궁금하고
매 순간 생각나는

모든 순간 너로 가득 찬 하루.

#나를 사랑하기

나의 연인을 최선을 다해
사랑하는 건 당연한 일이에요.
그러다 보면,
그 사람이 좋아하는 걸 좋아하게 되고
그 사람이 하는 걸 따라 하게 되고
그 사람이 원하는 걸 해 주고 싶어지죠.

하지만 나를 잃지는 마세요.
내가 좋아하는 걸 잊지 말고,
내가 원하는 걸 포기하지도 하지 마세요.

나는 내가 제일 먼저 사랑해 줘야 해요.
행복한 연애의 시작은
나를 사랑하는 것에서부터 시작된답니다.

#그래도 나를

조금 칠칠찮고 귀찮게 하더라도
항상 나를 챙겨 주고 예뻐해 주는 사람이 있어서
너무 좋다.

#난 괜찮아

네가 춫지 앉다면...
난 괜챲아...

#어느 한적한 오후엔 게임을

포근한 눈이 내리는
어느 한적한 날.

온종일 너와 단둘이 놀고,
맛있는 음식을 먹고,
도란도란 이야기를 나누는 시간.

아마 이런 게 '소확행'이라고 불리는
행복이 아닐까.

#당연히 사랑할 수 있는 순간

불같던 연애가

조금씩 사그라질 때쯤

서로의 못난 모습도

꾸미지 않은 모습도

자연스러운 모습도

모두 당연히

사랑할 수 있을 때가 올 거예요.

우리가 서로 편해지고

우리가 서로 믿는 그런 순간이.

#너의 온기

밝은 달빛 속,
다정하고 따뜻한 온기가 더해진
너의 품에 안겨 있을 때,
나를 따라다니던 걱정과 불안은
모두 녹아 없어져 버린다.

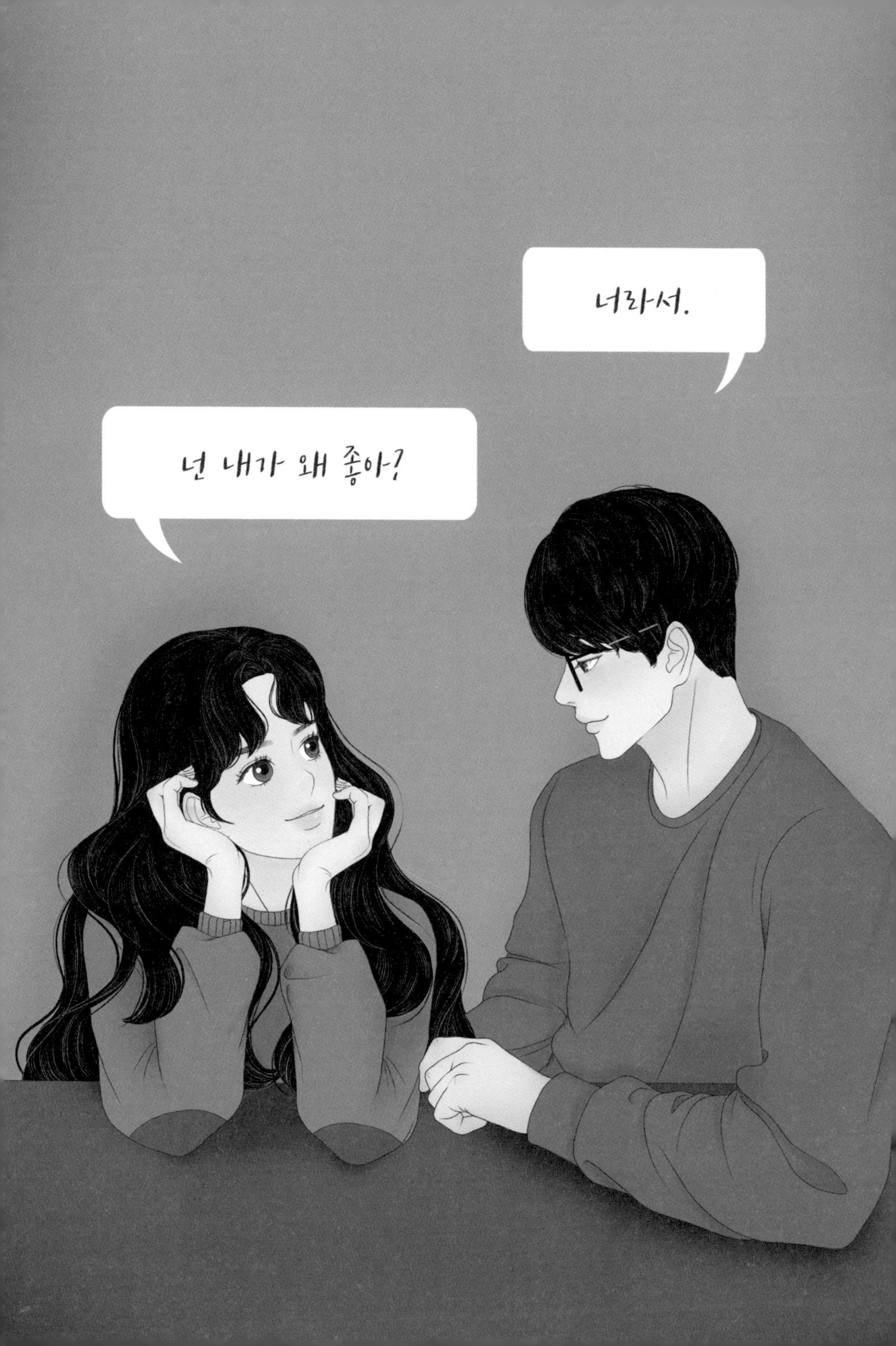
넌 내가 왜 좋아?
너라서.

#너라서

사랑하는데 다른 이유가 있나요.
당신이라서 사랑하는 거지요.

당신만의 향기를 지닌 당신이라서,
당신만의 미소를 가진 당신이라서,

그래서 좋은 거지요.
당신이기 때문에.

#선물

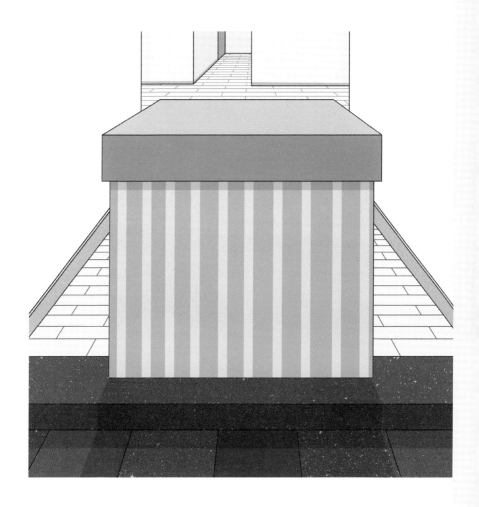

#아이리스

이탈리아에 아이리스라는 예쁜 여인이 있었어요.
어느 날, 아이리스는 우연히 젊은 화가를 만나요.

그 화가는 아이리스를 좋아하게 되죠.
아이리스는 말했어요.
"살아있는 것과 똑같은 꽃을 그려 주세요."

화가는 아주 예쁜 꽃을 그려요.
하지만 아이리스는 이렇게 말해요.
"이 그림에는 향기가 없네요."

그러던 중, 노랑나비 한 마리가 날아와
그림에 앉아 꽃에 키스하고,
그걸 본 아이리스는 감격에 차
그 자리에서 젊은 화가와 키스를 나누었답니다.

사랑이라는 건, 어떻게 찾아올지 몰라요.

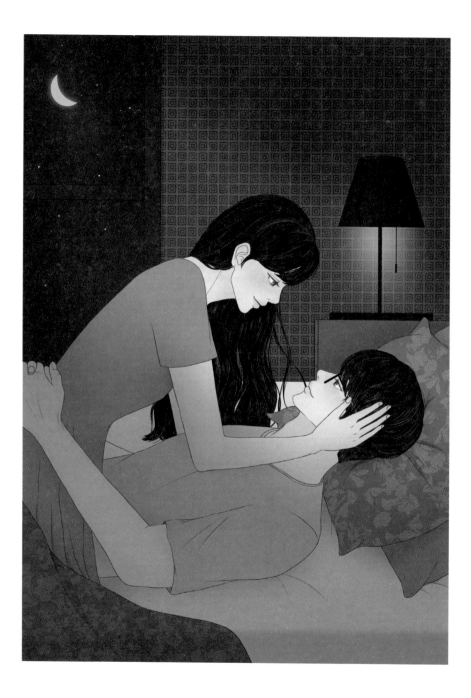

#Good night

부디 당신의 꿈에 좋은 일만 가득하기를.

깨어 있을 때도, 잠들어 있을 때도
난 항상 당신이 행복하길 바라요.

" I Love you "

#I Love You

사랑에도
용기가 필요한 법.

\#주섬주섬

보고 싶었어ㅎㅎ

...?

주섬주섬

#D+1

처음이라는 것에 대한 떨림은
잘 잊히지 않지.
지금은 당연하게 하는 모든 것들에도
처음은 있고 시작은 있었어.
그리고 그 시작은 떨렸고 소중했을 거야.

처음 우리가 그랬던 것처럼.

#내 반쪽

어느 순간
내 반쪽이 되어버린 너

"사랑해. 내 반쪽."

연애를 하는 데에 있어서
대화는 무엇보다 필요한 일입니다.
아무리 서로 사랑한다고 해도
난 나일 뿐. 상대방이 될 순 없죠.

말하지 않아도 알아주길 바라는 건
이기적인 생각 아닐까요?
내가 원하는 걸 말하고
상대방이 원하는 걸 잘 들어 주세요.
연애는 그렇게 서로 대화하며
맞춰 나가는 거예요.

나 혼자 생각하는 백 마디 말보다,
함께 이야기하는 단 한 가지의 말이
더 진실하고 가치 있음을 알길 바랍니다.

#마음

...

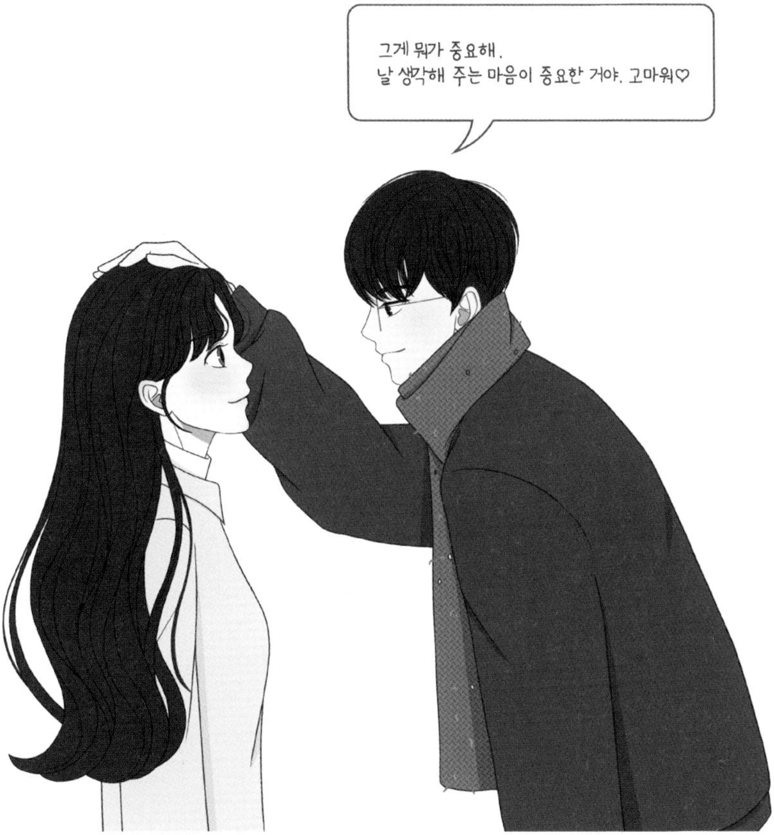
그게 뭐가 중요해.
날 생각해 주는 마음이 중요한 거야. 고마워♡

#붉은 실의 약속

새끼손가락에 묶여 이어진 붉은 실은
서로가 운명이라는 것을 뜻하죠.

내게 묶인 붉은 실의 끝이
당신과 연결되어 있다면
그럼 새끼손가락 걸고
약속 하나 해요.

이 실이 풀리지 않게
온 마음 다해 사랑해 주기로.

#하루

내 하루는 너로 시작하고 너로 끝이나.
너로 시작한 하루는 나를 힘나게 하고,
너로 끝난 하루는 나를 위로해.

항상 내 곁에 있어 줘서 고마워.
Thank You for Always Being by My Side.

EPILOGUE

이 책을 읽은 당신이 하는 사랑이 조금 더 소중해졌을까요? 그렇다면 성공이군요.

사랑은 강요한다고 되는 것이 아니지요. 강요해서도, 강요받아서도 되지 않는 거랍니다. 그렇기에 내 마음대로 되지 않는 것 중 하나가 사랑일 듯싶습니다. 사랑이 시작되고 사랑이 무르익고 사랑이 끝나는 과정까지 모든 과정을 겪은 사람들이 가장 마지막에 하는 생각 중 하나는 '조금 더 소중하게 대할걸.'이더라고요. 당신 곁에 있는 사람의 소중함을 늦게 깨닫지 않았으면 좋겠습니다. 제가 쓴 책에 있는 대부분 내용은 아주 설레고 달달했을 것입니다. 저는 이 같은 연애를 하는 사람들에게 당신이 사랑하고 있는 사람을 좀 더 소중하게 대하고 더 많이 사랑해 주라고 말씀드리고 싶습니다.

가장 불타오르는 순간 상대방의 사랑을 당연하게 여기지 마세요. 그 사랑이 너무나 커서 영원할 거라고 자만하지 마세요. 사랑의 크기는 두 사람의 사랑이 합해진 크기입니다. 상대방의 사랑의 크기가 아무리 크다고 해도 그것이 한 사람의 것이라면 아무 소용 없으니까요. 영원할 것 같은 사랑도 당신이 그 사랑에 소홀해지는 순간 한순간에 사라질지도 모릅니다. 그러니 다시 한번 나를 되돌아보세요. 당신은 지금 어떤가요? 당신이 사랑하는 사람을 소중하게 대하고 있나요? 사랑을 받고 있으면서 당연하다고 생각하고 있지는 않나요? 그 사람의 사랑에 익숙해져서 내 사랑이 소홀해지진 않았나요? 만약 그렇다면 지금이라도 '사랑한다' 전해 주세요.

　　당신의 소중하고 귀한 사랑을 예쁘게 지켜나가길 바랍니다.

바라만 봐도 좋은 너를

1판 1쇄 발행 2021년 04월 23일
1판 4쇄 발행 2023년 11월 09일

지 은 이 김서흥

발 행 인 정영욱
기획편집 정해나 유지수
표지디자인 정해나
본문디자인 차유진

펴낸곳 (주)부크럼
전 화 070-5138-9971~3 (도서기획제작팀)
홈페이지 www.bookrum.co.kr
이메일 editor@bookrum.co.kr
인스타그램 @bookrum.official
블로그 blog.naver.com/s2mfairy
포스트 post.naver.com/s2mfairy

ⓒ 김서흥, 2021
ISBN 979-11-6214-357-5 (03800)